朋+砚
project

LEOPOLDO LUGONES

LAS MONTAÑAS DEL ORO

群山自黄金

〔阿根廷〕

莱奥波尔多 · 卢贡内斯

著

张礼骏

译

東方出版中心

目录

群山自黄金

| 1897 |

景物集

| 1917 |

群山自黄金

| *1897* |

献给

路易斯 · 贝利索

和卡洛斯 · 维嘉 · 贝尔格拉诺

莱奥波尔多 · 卢贡内斯

引言

是静默与思想的石柱，
在行进。
潮汐唱着低声的歌
应和远方世界传来的旋律；
远古树林间的喧嚣，
好似在长形坟墓下
巨型关节的声响；
勇敢的游牧民族无声地逃向
收获葡萄的红色季节。

结束战斗的最后一下斧砍

回响着至上的思想，
或是雪松或是巨人；
游牧部族凭借胜利的双足
无法触及高塔，战争的风声。

一切
巨大、威严、英雄般的事物：
征服的喊叫，潮水的声响，
在静默和思想的石柱中涌动
诗人见其从洞穴中拔地而起。
太阳是它的尖兵！
永恒的道路上
大踏步行走，与历史碰撞。
是无形的黑暗列队。
但晨曦控制着黑暗的队伍，
像一朵潮湿的玫瑰缓慢升起
花瓣是落下的金雨。
诗人吹响号子

朝向行进的石柱；他的话语回荡
如同装满铜流的炼炉。
羽翼强劲，气息深沉
好似肩膀捆上了大风。
是光辉，是黑暗。
金发之春选其为夫。
他卧在山巅的花间。
百花吻他换得韵文。
阳光将他胸脯染成金色，上帝朝他微笑
没有比这更为崇高的微笑，
充满神性，从群山深色的影子里剪出
白洁的十二宫图。耐心在臆想的大马士革铁砧上
打铁锻造胸甲和头盔，
寂静守着炉火用铜和阴影轻揉着话语
最终在炭火中变得温和。

为了让人们的嘴，可以够到
他的耳朵，静矗在两块石头间

好似一只温和的巨鹰在倾听，
人们相信灵魂与名相在同一水平，
还有头脑。伟人和大山
必须永远屹立不倒。从洞穴
到山顶，奇妙的声音。毛虫
藏身草间，难以觉察地逃脱，
看见巨鹰，心想：你是庞大的怪兽，
老鹰！然而，巨鹰没有看见毛虫。天空
美丽而神圣，对于云朵的恶行
他置之不理。天空是上帝的前额，
在永恒的宁静中悬挂：
昏暗中满布繁星，那是上帝在思考。
天空在一张张被照射的脸上出现。
不论清晰，或神秘
或恐怖，都能承受折磨敢于牺牲。
并非无耻的行为！撕开一朵百合
玷污一颗星星；古老的宇宙
为花朵和星星哀叹，带着至上

无漏之爱。爱的谜题！伟大的主
不愿让任何人悲伤。
悲痛之火赞誉了所有的名字。
（淌血的耶稣，闪烁；悲伤，和凡人一样流汗。）
英勇的红酒不知悲伤。
人类啊！不要在伟大的头上吐唾沫。
当本可以成为伤口时别做污点。
铁在燃烧的锻炉深处忍受痛苦。
但至今无人见过铁的泪水。
诗人是自我放逐中自己的明星。
他的头就在上帝边上，和所有人一样，
但他的血肉是生命中宇宙黏土的果实。
他的灵魂是同一枷锁的奴隶，
但他的额头闪耀着语言的完整性。
每当他的一根石柱，在历史中
划出新的付出与胜利之路，
他就开始新的征程，将灯火的痕迹
留在身后，好似星星的脚步

不祥的夜晚，阴郁的号角声，
马鬃上悬挂着暴风雨
精干的群山如同庄严的瘦骨：
奇人之子，圣灵
的和谐医师，
在黑夜之巅高歌。
（云雀和太阳一样：
主宰天空，一同升起。）
巨物之声如同战争中的火车
车轮滚滚犁开大地。
小号般的嘴为流血的伤口
歌唱，撼动了巨石和大海的灵魂
雨果的脚跟把帝国驯乘
奥林匹克之马踏得疲惫不堪；
如同来自旭日镀金的海洋，
从长发间可以看见晨曦浮现。
但丁用灵魂照亮深渊。他思索。
在黎明与夕照间升起一条长廊。

身负瓦砾与困苦：
肩扛群山与黑夜走过。

惠特曼唱着尊贵无声的歌。
惠特曼是栎树光荣的工作者。
他崇拜永是播种季节的生命，
大爱耕作女子的侧身；
凡是力量、创作、宇宙，
都压在他诗句的脊梁上。
荷马是有声的金字塔
支撑丘比特的双足，风暴的合页。
是从深渊中出现的火口。
上帝与他彼此靠近说话。

巨大的石柱充满了声音：
“农作等着我们的镰刀。”
金属，服从不变的奴隶，
画出路线。科学严肃的指数

标志了人类伟大的天堂。
对，铁砧和锤子；但是没有钟。

理性是永恒理想的十字架；
理性不承认天堂也不承认地狱。
上帝是个老主人，被驱离的君主
在棺木的无尽绝望中慢慢死去。
用晨光替代黑夜，清醒的理智
替代虚伪的文雅；书籍替代神坛；
成为行星，山峰，进步；
感受前额上的幸福，如同花之吻；
在黑暗的边缘点燃闪电
如同喷火的马刺；反驳
世纪的谬误；实现庄严的良知；
打破旧有不公正的信仰模式；
将地牢送回阴影中去；
把昏暗浸入无穷的欢乐；
拆去带刺的皇冠不再恢复；

在神坛的废墟上播种现代的玫瑰；
拆除巨大房顶上的拱顶石
阴暗的否定遮盖了权利；
用有生命的香水对额头施洗；
在炽热的欲望上榨出新鲜的葡萄汁；
带着百年雪松的傲慢挑战暴风雨
向恺撒和彼得寻求解释
“杀人的恺撒和撒谎的彼得”；
把手举到暴君神圣的脸颊，
用同样的力量开始复仇，
面对体面的死亡高声说出希望。
新的信条！上帝，带来痛苦的枷锁，
是第一位暴君，第一位施行者。
自由不承认他，科学废除了他：
自由带来光明，科学带来解脱。
拿起长矛，把他拉下王座！向上帝宣战！神话该死！
但是你们用什么来填补无穷呢？

不行！信仰是神显。世界
是信仰无尽的神迹。丰饶，
光明，美的爱情，星星，玫瑰，
证实了一条神秘法则的王国，
它将命运的经纬交织，汇聚
生于永恒焦点的一切事物的力量
焦点执行、思考
如同一只巨大右手里的一束肌肉。
信仰是一座满是悬崖的大山。
山洞里住着恶习的幼虫；
黑暗的就是巨大的。坡面崎岖陡峭。
只有山顶是纯洁的，
山巅是深渊看不见的力量
在黑暗中拼命从自身挣脱而出。
灵魂有她的山巅：上帝。如果灵魂飞跃
超过了自身，在山巅就能看到。

人民，要变得强壮、伟大、富饶；

在“新世界”为自己开挖新的河道；
在群山间呼吸健康的空气；
将风的陋室解锁；
采收丰饶的果树第一批果实；
戴上谷穗和花束的皇冠；
把手脚从堡垒中解脱出来
胳肢窝散发出勇敢和死亡的气息；
在新的圣坛上建立友爱的信条
恒星的光晕庄严地围绕；
把你牙床上辱骂的苦胆汁拭去；
将咒骂变为现代的文雅，
不是流血的肉，而是甜蜜的稻谷。
山姆大叔很坚强。赫尔克勒斯的躯干
深深扎在他的肚脐里。在他的头脑中
我不知道有什么伟大而不成形的计划：
学唱激烈的歌曲，用锤子敲打；
他用螯钳啃食你的蟋蟀；
在他的火车头的铁腿上

载上云雾和晨光；
他用铁器玷污了熟悉的山巅；
向上帝倾诉吧，从巨大的圣坛升起，
面向太阳崇高的光辉。
群峰是天空的边裙。
若有无耻的言行，那就去惩罚吧；
踏平山穴而不是山峰；在信仰超群的桅杆上
升起你白色的纱巾；迎着风
展开你的思绪如同金色的羽毛。
向着晨曦打开灵魂如同静谧的树林
你命运的行星在神秘中漂浮；
无声地萌发，强有力的新枝
紧紧拥抱种族的肉体，
压在山一般脊背上的重物
如同捕猎的雄鹰张开胜利的利爪，
力图从黑黢黢的巨石中解放你；
前来拯救的风暴摆动船只，
隐藏的新芽在黑暗中蔓生，

可以预感到破茧而出的双翅……
你是深渊中飘动的棺木。你的额头
是理想东方的阴影的床。
世纪需要你，但你的灵魂灰暗
依然；在所有种族的努力之上
神圣之火闪闪发光，但没有闪耀
在你的头脑中。大树沉睡在种子里，
但种子在无尽的未来萌芽。
从那里出现了这一原子，太阳：
一位诗人！

诗人？没错。上帝没有徒劳。
当在人类思想的巅峰上
星空在黑夜里缀满遥远的光辉，
当风的巨舌发出耸人的声音，
当在这些山顶上浮动
难以名状的爱抚，源自未知的和谐，
光预感到星星，信仰预知灵魂。

上帝在永静中耕作。

但是那些巨响：雷、大海、风，
预示着他的降临。
我听过这些巨响：上帝
让这三种声音在我耳中回响。
上帝对着草叶说：
“新世界”的人民，你是未来
巨大的宝藏。你沉重的命运，
黑暗广阔的思维在冥想，
如同一颗未来行星的幼体
在神迹的浪潮中闪烁。你狂野的高额头
让黑暗的思想在浪中涌动，
如同一座有诸多泉流的大山母亲。
你的希望，不断晃动
用光辉的崇高填满无意义，
好似金色晨光下高塔的视界。
上帝在那里。他的慈父之手

在深渊上高举，展示收成。
在他金色的眼神中至上之箭在抖动。
他的心胸难以表达。他的力量不会压抑
一片玫瑰花瓣，一根蚂蚁触须。

你们这些称其为暴君的阴险之徒，
你们这些人类理想的胜利者，
你们这些生命的清苦诠释者，
你们这些弑神论的鼓吹者，
要求权利、自由、阳光、晨曦，
为受罪者、哭泣者，
为思想者、高歌者，
啊，光明的反叛者：如果你们害怕
上帝主宰你们的天空，害怕他的伟大
居于所有生死之物之上，
害怕他充满至上之爱的语言，
为新生儿的摇篮祝福，
害怕他口中的雷声把群山拔地而起，

害怕他的荣耀的光辉充满天际，
害怕他眼中，无所不能的电光，闪烁，
至少要让他成为一个自由的人！……

群星曾放出神圣的光，
发出剧烈的声响
如同燃烧的松林在风暴的骑踏下，
声音如云朵在骑兵队上漂浮
底下是亵渎的巨石柱。大海
听着、细细地听着山、林、星、白日，
预感到灾难临近
面对深渊巨大的警示。
那是阴郁的愤怒带来的声响
如风一般与竖琴说话。
“魂在危险之中！”从天空中
无声地落下血与光的泪珠；
阴影的痛重压在无力的大地上
如同大树植根于死亡的冥想上。

南天的十字从无穷的天际中
用四根火钉投射光芒，好似
在它巨大的臂膀上钉上了南极。
在那悲伤的恐惧中，
我独自一人在思索和永恒之间。
迈着但丁的步伐在夜间穿梭。
头上群星继续怨声载道
但没有一声在耳畔回响。
她们像一群发光的野兽大声咆哮，
体侧受了伤，却无人为其治疗；
无人抬起双目看一眼
疯狂的星星在抽搐；
无人询问他神圣的秘密；
无人整理他冗长的字母；
无人跟随她们流血的踪迹……

我决定与她们为伍。

第一季

此处有狮子

（一张古老的世界地图上的地理注解。）

裸体颂

我的夜晚里，女子明艳动人！她们的玉体饱受鞭挞，我留下了年少笨拙的吻，如同黑夜中，河水为花朵的伤口止血。潘神用栎木做成的笛子，奏出他的早祷。花蛾，用玫瑰受欺凌后的花粉和斑蝥热情的汁液，在它的陶罐中，酿造罪恶的迷魂药。铜钟在昏暗中反复击响，诸神在花岗岩里转世，一时狂热的结合如此苍白，像一桩桩罪行，朵朵绽放。夜，展示着蛮野的处女之身，黑暗、一丝不挂，缀有点点星辰，好似千疮百孔，在巨大的身体上闪烁；月，从云朵的胸脯里显现，银色的茧，在树林之上，是半月，匕首般刺向胸膛的白色指甲；高塔上，星盘闪耀，一位僧侣在火焰旁，用手在铜钵里研磨神圣的蓝色铁矿。

从面纱后出现（天体的梦），面色苍白的爱人因激动的心情而颤抖，像是在抽泣，享乐的欲望如同炉里的香火，催红了她的脸。强烈的热吻迸发。浸润她秀发的露水沾湿了我年少笨拙的吻；在我胡须的雄性刚强之气下，因爱呻吟，她躺在鸢尾花上，青丝如绢，染上了蓝色的花汁，好似一朵裸体的百合，在黑夜里，因爱变得苍白。

啊！用你洁白的牙齿啃咬，在心中啃咬，伊甸园里的禁果；你的胸脯，是我们爱的弥撒中的圣杯，给我；你的指甲，是金色的短剑，作为占有你的诅咒，给我；你带罪的泪水；深处有刺的热吻。看那些赤裸的星星；尼泊尔金钱豹身上尊贵的斑纹，刚出生时纯洁的肉体；你神圣的裸体如蛋白石灯一般发光，蚕虫在找寻你，我从它那儿夺下处女之果，它想用冰冷的牙床，带着池水的寒气，啃食你口中和舌尖的蜂巢。愿我双臂搂紧你的腰，像两团苍白无力的火舌，在一座古老的教堂里，紧紧依偎在银质圣油罐旁。在我眼皮下，愿一双眼睛守护着你梦的阴影，好似两只母狮，蹲守在一间埃及厅堂的门廊基柱上。我愿用金冠围住你的心，愿我的吻，同玫瑰一起落在你百合般的前额上，愿你预言家的前额，在祭坛烛台的光辉中闪耀，如同用神圣的麦面做成的圣饼：在我臆想的甜美复活节里，如圣饼般赤裸，显灵。

献身吧！黑夜在她漂浮的长发中保护着我们。我将弹拨你的玉体，在这夜晚，你的身体将是我的竖琴。

致歇斯底里

啊，在你臂弯紧绕我喉咙之时，黑暗狰视着你，我反复用马刺蹬踏那匹骏马的肋部，我们正穿越颤抖的森林，在群星下，带着恐惧！无边的林木，一片漆黑：可怜的森林，在斧子的砍削下，它的枝杈在流血，就像奇异的软体动物的足肢。无边的林木，无比哀伤，黑暗中，我们的恐惧是主宰。泡沫般的小马在飞奔，它的疲惫浸透了汗水，在那忧郁的林间，它跑了有几千年。几千年！树林无边、无尽，充满悲伤，黑暗中，我们的恐惧是主宰。你的臂弯，好似绞绳的绳结，你的双唇，如同冰冷的鼓皮，我的肌腱，就像易断的导线，我的双手，是可以伸缩的爪子，而巨大的骏马是愤怒的黑风，在它千年的奔途中。

我们落入无底深渊，那儿没有上帝：远处的群山，高擎着山峰，白雪满覆，就像哈里发的头无限放大，土星在黑夜恐怖的阴影中，勾勒出一个缓慢的弓形；大洋庄重宁静，波动着月亮不祥的倒影，海浪在巨石中翻腾，好似在说话，发出人的吼叫声，它们曾吞噬了人类的性命。于是，你从我的脖子上放开了臂弯，带着殉道者的目光，寻找我浸没在恐惧中令人生畏的双眼。啊，别看我的眼睛；黑暗中，有困倦的晕眩；神秘的深处，划过一道道狂热，我灵魂最底处的黑夜：彗星参差交错，它们是硕大的白色念想！啊，别看我的眼睛，因为我的眼睛是淌血的断头台；是在灵台脚下服丧的黑色勇士！你的眼皮下，显现出两个悲伤的眼窝，如同邪恶之花，我亲吻这两朵不祥的花朵，在我的心脏上面，你紧握冰冷的双手，肉欲之火，你缓慢抬起惊愕的目光，而我畏惧的双眼在逃避，你明亮的眼中露出泪光，我合上双眼，毫不留情，你睁开双眼，梦游一般，你的疯狂需要我的双眼，而我的罪恶在逃离你的双眸：最终，我残忍的目光，犯下罪行，在你的双眼之上闪烁，你的目光苍白、悲伤，沉浸在我受到诅咒的双目之中，在我的怀抱里，你躺下了，在大理石永恒的寒冷中，装殓。

神父的嫉恨

丝织的厚面纱，挡住了你纯洁的嘴上，残忍的唇红，挡住了你双眸里，夜的深蓝，挡住了你额头，明亮的天空。将你的发辫拆散，犹如在你细嫩的后颈划开一道伤口，啊，忒弥斯托克莱娅！（我用吻梳成的，长长的发辫）。披上丧袍，在你周身飘动，好似黑夜从你的肩上滑落。带着几近疯狂的嫉恨之欲，只为我的双手，我渴望那胸脯，勇敢赤裸的胸脯，如同升起的天体；脖颈的光辉，以胜利的姿态浮现，好似钢制的高脚杯，由錾子的技艺刻制；象牙似的胯部，带着迷人的曲线，凸显了丝缎之下，你交响乐般和谐的身形。当你（鬼魂，光，诗节），从我脑海中的废墟经过，犹如悲伤的月亮，登上云朵构筑的，残缺建筑的顶峰：我想见你，被黑色面罩的阴影包裹，被你的头发包裹，还有衣服上亡者的丝绸，好像祖国在危亡时刻，人们夜间看守的自由神像。我爱情殿堂中的唯一，给我你的双臂，像两股波浪将我淹没，汇聚成湍急的合流；给我你的吻，犹如放在我，渎神者嘴唇上的圣饼；给我，你胸脯的洁白，似玫瑰一样颤抖的乳头，它们公爵般的自豪感，在花边围绕的温润现实中，达到巅峰；给我你腰际的妩媚，如同盛满玉兰花的双耳细颈瓶；给我，你深藏不露的百合，充满鲜血与痛苦的百合。

当你，在我这双祭献者的手臂之间，在你衣裳如丝的黑夜中，只有你的双手凸显出来（婚礼上期待的耶稣受难像）。唯有你的双手能被奇异的瞳孔所看见，像两只斑鸠，纯洁地相爱，因我枯竭的吻而神圣……让带罪的人们享受你裸露的双手，啊，忒弥斯托克莱娅！

哀叹的韵律

当和你谈起最苦之哀伤，最苦之悲痛，悲痛之苦涩，苦涩之怀旧，最为悲伤愤恨之灵魂，最为愤恨苍白之前额，最为浑浊干枯之双眸，最为混沌漫长之黑夜，最为无声狂暴之怒火：你要记得忧郁的服丧者，不祥的竖琴被黑布包裹，如同尸棺，带着模糊的回响，好似阴郁的灵魂，在棺材中空响的呻吟。

夜！尸体的苍白带着我明灯的光辉，像一只受困的大鸟，心脏在搏动，华丽的房间，寒冷、黑暗，悲伤、阴沉：黑暗，连同我的灵魂！角落里，夜深邃，从那里出现一个鬼魂，好似巨型的怪物。你要记得最为浑浊的眼珠，最为苍白光秃的前额，梦境里悲伤的预兆，紧紧扼住咽喉的恐惧，如石碑一般沉重的噩梦带来的痛苦，周五的夜晚，凄楚……然后想到我：我就是鬼魂！

啊，当你听说苦涩没及脖颈的风暴，如同钳子锋利的铁钩钳住谵妄的抽泣！啊，当你听说错乱的神志席卷无助的生活，如同努比亚的大风卷起撒哈拉的尘粒！啊，当你听说激情如岩浆一般在内心翻腾（静脉深处炽热的鲜血如呕吐一般喷射）！啊，当你听说痛苦在胸腔内挖掘昏暗的洞穴，如同漩涡卷起的螺旋线，在海湾穿透淤泥：告诉他们，在我无限的灵魂中，有一漆黑的处所，带着六个月宁静的夜晚，好比悲伤的勘察加半岛！那里住着哀叹女神，我凄美的情人，她的血肉带着敌意般的寒冷，可以像折断利剑一样，断除一切意念……那里永远有一座死亡的山峰，寒冷的空气将她围绕，她叫悲伤之山，四周长满各类柏树。那里，自杀者的哀叹在空中漂浮，贫瘠的山地冒着硫黄的气息，那里，有傲慢的都城，无数个深埋的庞贝古城。那里，大海咆哮，卷起苦涩的海水，搅浑沥青和石脑油。那里，灵魂将悲伤的沉淀物从溃烂的伤口排除。那里，命中注定返祖的野兽在大声怒吼，那里，可怖的獒犬吠叫，那里，树根上长出利爪，就是在那里，不祥的细胞找回了阴暗童年的所有淤泥。

啊，当你听说那些流浪者麻风病似的皮肤会灼烧、会传染，当你走进昏暗的作坊，那里正在打铁制造武器，当你梦见一只蟾蜍用它带着麝香味黏液的吻，轻抚你，当你记起路西法残忍的抽泣，如同炭火制成的项链：你要记得忧郁的服丧者，不祥的竖琴被黑布包裹，如同一具囚禁了灵魂的棺材，发出颤抖的声响，记得那具囚禁了灵魂的棺材，发出颤抖的声响，如被黑布包裹不祥的竖琴，记得苍白的噩运亲吻你，记得灵魂中风暴给你的吻，记得在你惨白的额头上，用黑色的双唇留下吻的风暴，记得星辰和黑夜，记得你我的灵魂！

云间图勒

啊，女王！我们口唇相依，随行的马队空前盛大，巨大的母马用青铜的前胸，逐渐划开黑夜，墓碑的夜，如同沉在浓雾中的失事船头。我的宫殿是银制的棺材，最适合婚礼的梦想，漆黑宏大的宫殿，比所有帝王都富裕；风，用断弦的琴瑟，奏出庄重的和谐，围绕颤栗的墓碑。将你孱弱的骸骨贴近我，一同幻想生命，啊，我的金发女王！

星辰闪烁得正是时候；南十字星在天穹做上标记，与金星联袂，照亮床铺和摇篮。占星师在你的骨盆——我哀痛的象牙圣龛上——做了英雄的记号，用十字褡的圣带围住面纱。你将看到，我的诗节如同奢华的甲胄，上面装点了一双桀骜不驯的匕首，闪耀夺目，我的女仆们将翩翩起舞，她们的眉毛金黄，指甲蔚蓝，同时，霍亨索伦那位肌肤洁白的贵妇，在阳台拔去一只金色雉鸡的羽毛。你将给我双唇（如水果般可口，肉感的双唇，活在你没有血肉的躯体中），强烈肉欲的咬痕会淌血。你金发的头颅靠在我钢铁的胸前，像古老的金制帝国勋章，曾经被用来给我的盔甲授勋。硕大羽翼下的风，将为我的瓦砾带来三重盔饰。象牙般的肋骨后面（两只雀鸟一同困在一只金色的铁笼里），将会见到我们的两颗心脏像枯叶般颤动，你的双手在我尖利的脊柱里发出响声，墓碑下死亡的疑虑会模模糊糊地覆盖你的面纱。

黑夜宁静，天体交错，天空把他们浸入虹膜的深蓝中，同时一首亡灵的十四行诗在赞颂我们婚姻的和谐，由十四支空心的笛子演奏，断头台的绳线发出哨响，大铃铛告知半夜的到来，我伤口上残忍的洋红色是久战的荣耀，你亲吻上的金色尘粒落在上面。在一棵枝叶颤抖的柳树下，在一棵看护两份哀伤的柳树下，浓雾中的生灵将会看到，我们的骨骼联合，像一首完整的诗节中的韵律，啊，我的金发女王！在一棵银色的柳树下，有无边的月光在守护我们。

收获鲜血

我的灵魂是一片催眠森林，狼群在这里欢合，黑蜘蛛边织网边分泌大戟毒汁，一位英姿飒爽的勇士，被你两眼的威胁所伤，铁甲已有豁口，印有古老黄道纹章一分为二，上面是高飞的隼鹰。这就是我的内心，一颗诅咒的心脏，它向着昏暗的天空歌唱，那儿星辰在大火中哭泣，彗尾画出不祥的星象，犹如深渊中的鱼兽，开启了眼中的奇迹；这就是我的内心，因憎恨而膨胀，像装满恐怖首饰的匣子，充满刺穿你金色身体的欲念。

在黑暗的同谋中，年迈的永恒犯下了丑行。撼动传奇的西塔拉琴，在蓝色中，想象德国的音乐节奏。这里有幸福，贵妇们的优雅中散发着蛮横的羞涩，年轻男子脊背光洁，犹如上了油的铰链轴。幻想的玫瑰昏厥过去；黑夜被点上了香气，似一只巨大的母狮，顺从地接受爪上的铁链；一只号角在黑暗中吹响尖锐的铜声，撕碎了悲伤的晚风，好像一只可怜的公狗，在冷漠的月亮前，为一只母狗哀嚎。就是这一晚，包含我长久的悲伤，多么深，多么久，无数个秋天在其中将白发盛放。你来啊，看我如何受苦！我伤口欢愉的脓水如何不住地流淌，在面具寒冷的铅白之下带着黑色笑声的嘴脸！用你尖锐的眼神继续伤害我，在我身上展现你雄鹰的专横（啊，我的幽灵女友，花园用带香味的床单为你做裹尸布！），如同高大的雕塑碎成瓦砾，黑夜迫使我的大脑陷入其中，就这样在幻想中沉默，我赞扬你利爪的温柔，如同好色的苦行僧在战斗中将麻布紧紧裹在腰间。

啊，你的吻是神圣的信物，寿衣里你肉体如花绽放；在我嘴下你肌肤的香气，还有你血与泪的勇气！

啊，像神明一样受苦，在一只纯洁却凶残的金钱豹爪间，因爱情与羞辱而颤抖，就为了所爱的，但已老去的神性！啊，因为渴望你流动的拥抱，还有冰冷怀旧的贞洁之石而呻吟！啊，可以感受到小天使银制的双脚，立在屈辱的脊背上！你小天使般的双脚，安放在我脊背的恶意中……

经文

我们的白发似天鹅的羽翅
遮蔽了每个人前额的坟墓；
我们的白发似天鹅的羽翅。

白百合丢了她的纱巾
像悲伤的新娘，在短暂的日子里
白百合丢了她的纱巾；

亵渎神灵的圣饼粉末
重获其神秘的物质；
亵渎神灵的圣饼粉末；

物质的肉体，悲伤的肉体，
如同有时节的葡萄园变得枯竭；
物质的肉体，悲伤的肉体。

充满爱的被单还有裹尸布
是坟墓里相近的麻布；
充满爱的被单还有裹尸布。

把播种的种子移出
从母体种类的恐怖中；
把播种的种子移出。

衰老的羞耻感很苍白，
我们留住它的寒冷，
衰老的羞耻感很苍白。

你的臂膀紧搂我的脖子

如同正在鞭笞的黑莓枝条；
你的臂膀紧搂我的脖子。

我的吻，带着尖锐的不和谐声
在你的怀有敌意的神经中回响；
我的吻，带着尖锐的不和谐声。

在你已经不同的肌肤上流动
如同难以阻挡的汞滴；
在你已经不同的肌肤上流动。

我们的名字彼此相连
在栎树巨大的心脏里；
我们的名字彼此相连。

对年岁保持隐蔽，
在不可亵渎的结合中；
对年岁保持隐蔽。

在一个柔和夜晚的温和中，
如同一只黑色老虎的皮毛；
在一个柔和夜晚的温和中。

在我大理石的胸脯上睡吧
像一位古老历史中的女王；
在我大理石的胸脯上睡吧。

我将为你流淌白色的泪水
好像柑橘花儿缓慢落下；
我将为你流淌白色的泪水。

我将放一只黑夜的萤火虫
好似坟头的一盏小明灯；
我将放一只黑夜的萤火虫。

在一棵原木硕大的尖顶，

白色天使张开巨大的翅膀；
在一棵原木硕大的尖顶。

为了扼杀我亵渎的爱情
如同将黑色的赫尔波断首。
为了扼杀我亵渎的爱情
我的舌头用一颗星星戳刺。

间歇

斗争的赞美诗

你在听吗？在你哭泣和哀叹时，
勇猛的马刺激起
马匹慷慨的愤怒，
战斗的勇士史诗
在诗句和竖琴中胜利。

新地区的道路险阻。
疼痛逼迫去战斗，
夺取王冠上的棕榈叶，
如同磨坊粗壮的臼齿
夺走麦穗的甜蜜光斑。

离开苏丹女子的闺阁；

竞技者已经进入运动场，

君王的军队高歌勇气

战神的胜利祝词，

通过小号清亮的嗓子。

放下爱情的悲伤诗琴。

在你诗歌的军号中喘息。

我在斗士的群体中：

我戴的王冠不是花做的……

而是赫莱布的黑莓。炙热伤人！

每次艰难中都有穆罕默德的定音鼓，

每次胜利中都有一条狼尾。

如果深渊踏着自己的步子穿过，

如同尊贵的猛禽

守着你的大山未触碰过的荣誉。

来吧！战斗可以净化要塞。
泡沫从波浪的怒火中出生。
如果背信的错误流着你的鲜血，
面对死亡你要唱响胜利的咏叹调
如同席龙达的不死部队。

你要像哨兵一样挺立。
在充满敌意的夜晚，面对憎恨
起来，穿上有踢马刺的靴子。
英雄的帽子已打上彩色的花结
用来奖励潇洒的事迹。

诗人唱着悲伤的小夜曲
把响亮的号子还给诗人。
愉悦、鲜红的斗争
旗帜气势汹汹地飘扬，
太阳下的金色愤慨波涛汹涌。

第二季

……你们不得对大地行恶，不得对大海行恶，不得对树木行恶，直到我们在上帝奴仆的前额做上标记。

——圣·胡安

人类之子

荒漠，那片荒漠上，黑夜悲伤、巨大，它的困乏缓缓落下，月，被铁锈无情地侵蚀，在山峦似的云朵上，折断了她银色的犄角，如同一桩罪行，在昏暗的云朵中，云朵无声、宁静……很高，很高。荒漠里，高傲在颤抖，在黄昏中奄奄一息，凄凉的晨曦流下苍白的血泪，风在巨大的噩梦中遇见鬼魂，怀孕的母狮发出悲痛的嚎叫，愤怒的灌木吮吸着浑浊的结晶，骆驼在棕叶颤抖的尸骨下，嗅着干瘪的皮囊。荒漠，月光遍洒、无限悲伤，月，被苍白的忧伤笼罩，荒漠被日光的狂热点燃，在其之上，痛苦的月亮，悲伤而又不幸，不幸而且悲伤，在明晃晃的梦中游走。

高耸的巨石如祭坛，在那儿，凝固的世纪见过雄鹰战神般的身影。一位男子双膝跪地，高举双手，入神的双眼，似两片盐湖，流下苦涩的眼泪，泉流源自内心，从那里的刺伤中缓缓流出。巨石也像一位父亲。鲜血的日子已临近，阴郁的海枣树上又抽出苦厄的掌状绿叶，古老的犹太教堂惊恐不安，悲伤的耶稣双肘支撑在巨石上，鲜血染红粗糙的石面，双唇带着炭火的暗红，如同在迷雾中模糊的磷光。长发披散在面前，似黑夜的痛楚遮蔽狂热：四十个悲伤的日夜昏睡于胸中，心，如覆满白雪的山峰，在深处屹立。月是昏暗的梦游者，用一缕细长、忧伤的光触碰巨石的侧身，沙粒上，巨石的阴影延伸，消失于远方，而预言家的阴影比这更长……明月西沉，月影东升，阴影的深处，耶稣在哭泣，高举双手，鲜红的嘴唇带着光泽，渴望孤寂的不眠之夜，他的双眼带着非人的目光，点亮苦行之悲苦，永久之山的狮群到来，解除他的渴望，用鲜红潮湿的舌头，轻舔他苍白钝木之舌的渴望。

荒漠，月，悲伤、凄惨；群峰似的云朵，在天空远处的门廊上；预言家的双眸沉浸在山光之中，大地在用报复的口吻要求鲜血：那是张焚毁群山的嘴，是大海质问沙滩奥秘的嘴。

树

黄昏，魁梧的神将们在云间穿行，锦葵色云朵火红；鳏寡过客在云间抽泣，拖着长长的泪痕和纱巾；风之神将从阴影中穿过，坐骑身旁，马刺的花纹闪闪发光；云间贵族都城的高大塔楼，华丽壮观，矗立在烈火的光辉之中，如同修道院中静静燃烧的火炉；如同鬃毛凌乱的母马群，蜂拥至泛光的海洋，饮用金色的液体；如同巨大的木兰花环，围绕着废弃的圣龛；如同女骑士的火祭坛，个个已被斩首，赤裸的躯体上伤痕模糊；如同思想之光的深处，大理石的狂风暴雨。万马奔腾，身披胸甲马刀，黑夜黑色的身躯，在黄昏的留白处，缓缓落下。风声，是管风琴里奏响的，远方的音乐；是魔幻的声音，空空荡荡；胸前一切在颤栗，巨大机械的旋转；军团可怕的踏步；野蛮的话语；病人痉挛的鼾声，在这管风琴中，在这风的器官里。

天空，昏暗的天空中，银河渐渐隐去，似黑色头颅上的骨缝。天空，是长满暗纹的花朵，洒满了闪烁的星星，夜的堤岸上，寂静踏着丝一般步子前行。傍晚无奈，坐在浓密的柳枝之间，沉默、苍白的傍晚，是一位沉默、苍白的女子，发间微风轻拂；在卷曲的柳枝下，好似降下半旗哀悼，为了倾听天鹅们惨白的苦诉，为了看见落花如何围成花环。大地上，百合花醒了过来，天空中，行星闪耀，亡灵的叹息，从白色花瓣上升起，缀满了血红的玫瑰，云山，在远方缓慢地坍塌。

树木的肉体被斧头啃噬，却在此时，披上神秘，树叶如流血的双眼，哭诉斧头的罪行！他们的灵魂安静，隐忍白日在荒漠的边界说再见！千年来的哭泣，在每一个傍晚，似方巾上悲伤的湿气；千年来的哭泣，控诉斧头的虐行，一切都在宁静的外衣之下：溃疡在颤抖的身躯上再次生长（哦！那在斧头下抽泣的伤疤！

哦！那些在开裂的嫩枝上的溃口！），夜，从黄昏中伸出巨大的双手，似天鹅绒一般，轻拂他们充满恐惧的白发。

海

海，将白沫卷上参差的海岸，在滩涂上哭泣，泡沫的边饰庄重、卷曲，如同毛色发白、柔软的狮须，在驯狮人的梳子下，披散开来。太阳，为躲避海上的寂寞，逃向远方，如同花瓣落尽的玫瑰，在破碎的浓雾之中；一阵微风，展开庞大的双翅，带着海盐的粗糙，如一声受难者的哀叹，穿过灰白的傍晚。海浪带着炽热的呼吸哗哗作响，水中发出英雄的呼喊声，推动岸上岩石冷漠的灵魂。大海，喘息的女子，深处的神经在抽搐。

当她的脉搏和谐，如八度音律，与星辰共鸣，当她掀起的潮骚，如马鬃对缰绳的奋力冲击：当她借水龙卷的气势，赶着雷鸣般的马队，两肋携带大风，如呼啸的长鞭；

可以听见浪涛对海滩的千言万语；黑夜，从远处的恐惧中慢慢浮现，向着燃烧的地平线安静地走去，好似天鹅绒般的蝴蝶，在渐渐逝去的夕阳余晖中燃尽：海，在悬崖前收起前蹄，未来的生命在其腹中孕育着花蕾，如磷光一般闪烁，在海水宜人的寂静中，生命的起源由紫晶装点。

海，用她人鱼的胸脯拍打岸边，受峥岩啃食，受砂石刮划；就在那时，听到了深渊的响声，抱怨海岸；海的折磨，是海浪的折磨，带着泡沫的胸脯，其温柔的裸体将粉身碎骨，是巨形的岩石在折磨她。大雨下注，灌入她狂风暴雨般的胸脯，如同永不停息的鞭挞，海在礁石粗野的爱前，收起前蹄，在岸边巨石的祭坛上，失眠的躯体抽搐，胸脯支离破碎。

群山

月光渐渐洒满了每一寸土地，如同鸟儿洁白的翅膀，宣告着圣母升天，虚幻的大海凝结成静谧的水晶，皎洁的月光将其缓慢地划开，月亮高悬于神圣庄严的景色之上，她从远方大海的边际经过，夜，被绘成美洲豹毛皮的颜色。万千森林浸没在月影之中，如同一艘艘船舰，树有千根桅杆。沉没的森林带着死亡的寂静漂浮在苍白的水面上，它如此宽广，如丝织的裹布，将树木装殓。

空气带着洪亮的寂静，群山在与风阴森的对话中嚎叫，那是无法理解的语言。千万个冬天过去，千万个夏天到来，大雪下，大雪落，它的吻冰冷悲伤，在午后的风中化成坚硬的霜，风是如此强劲，用它无数的利爪，撕毁了自己迷人的外衣，那件用树林织成的巨大外衣。群山缄默不语，如同年迈的寡妇面对自己无助的贫苦，在遥远的年代，祖先们曾望着它们。群山的外衣被一根带刺的腰带束在腰间，在白雪的亲吻下（纯洁而又邪恶，纯洁而又沉重），上身变得赤裸，或被碎石做的衣甲刺伤身体，或被火山喷出的毒火啃噬，火山口永久敞开着，如同巨大的溃疡，在硕大的肉体上发亮的溃疡。

啊！大雪的吻是多么寒冷呀，白雪让午后的悲痛在流血；在苍鹰冷漠的盘旋之下，寂静的天空无遮无蔽，黑暗的暴风雨组成庞大的交响乐队，在过去千年的衰落中，每一个和谐的夜晚如同循环的民歌，岩石受到的摧残是多么难熬啊！河流从群山内部流淌出来，那儿还有坚韧的金属；鸟儿们在树荫里筑巢，野兽们在树冠下藏身，天上的星星从高高的夜空中望着她们，就像望着巨人般的母亲，群山用湍流的响声反抗着山谷间神秘的寂静。在梦与云雾交织的时刻，群山火热的灵魂涌起，如同响彻天际的呼吸，坐在黑夜的地界上，向着天盖下瞌睡的风倾诉；向着世界倾诉，世界听见群山的哀叹，比大海更为永恒的哀叹，对大雪鞭挞的抱怨，唤起了树木的悲伤，曾让它们蓬头垢面的悲伤，还有废墟的苦痛，它们像是死亡的乐队，支离破碎，散落在山谷之中。

煤炭

锻造炉的胸膛里通红，像打开的石榴，黑色的心脏碎成块在燃烧，是大地上群山炽热高贵的心脏。火炭脱去外壳，像流血的咽喉上破碎的金饰，火炉里，暴风雨般的狂热颤抖、闪光；火炉里，迸发紧绷的缰绳断裂的声响；群山的黑色心脏，怨声连连，是来自地底森林尸体的私语，来自远古时代，原始的夜晚，层层炽热的地层之下；那是引人联想的声音。燃烧的火炭中，曾经熄灭的太阳再度燃起火的热力，在柴火的灵魂中沉睡了一万年的活力。

昔日的夜晚，月静如恶灵；昔日的夜晚，夜空迷醉，悬于大地之梦上；昔日的夜晚，如伊利亚特中的明净，烈性的岩石相互缠绕，如华丽的毒蛇，在湖中激起团团篝火长时间的炙烤。篝火之痛，在黑暗深深的同情里颤抖，月亮用金属的光泽灌溉万湖，黑暗惧怕月光躲在林深处。篝火，如燃烧的圣杯，装满英雄的热情，在风的呼吸中再次有了生机，而狂野的殉难也在加速；阵风加剧了强烈的渴感，吞噬着富丽的火焰；加剧了炽热的折磨，残忍地啃咬着红色的火炭、勇敢的愤怒的火炭、有生命的火炭，好似发出光亮的麻风。是篝火灰暗的叫声，是埋没在沙地百年坟墓下森林的声音，史前的风声如墓碑一般守着地壳，大火蔓延，灼烧群山之根，把矿层里的矿藏金属染成金色，发出踏铁般的大步声，摇动山洞的庄重的门廊。好似群山的心脏，从地心为他慷慨的牺牲而哭泣！那是炭火的哭泣声（火焰般金子的泪水），大地上群山的殉道者的巨大心脏，在受伤的胸脯里，藏着已变为钻石的群星的灵魂。

奶牛

山间，夜与树林，树冠铺开的黑暗枝叶下，宁静在休憩，似一尊庞大的身躯，带着坟墓中悲伤的谵妄，怀着对茂密的枝叶抽象的恐惧。树木在模糊的明暗中构成图景，如同一连串噩梦，毒蛇与绞架交替出现，三角铁和截断的股骨制成的黑色支架交替出现，毒蛇与绞架。天空在大地上展现其威严，如一个黑暗的巨桶。树林的梦在浮动，浸满了无力的香气，在夜晚的胸中，如同雾色中一个将死的幼体，神秘的森林之梦，忧郁的丝绸制成纯洁的嫁妆，晚霞把它们铺展开来。林间有一棵树，树叶很长的树，风的古老竖琴，黑暗之梦茂盛的华盖。这棵突出的树的底下有一块血渍，是一个宽大的红色斑块，在一个摩押人的游牧商队营地旁，他们带着阿拉伯牛群，已经在此待了四十个日夜，在广袤树叶的庇护下。鲜血是一头被宰的母牛留下的，它暗色的骨架围着争吵的狐狸。突然间，森林梦醒，一声黑色而深沉的牛叫，黑色、充满神秘、充满惶恐，好似受伤寡妇的苍白抽泣，刺穿了黑暗长长的边际，黑暗庄严统一，神秘的大山好像填满了无尽的噩梦。

母牛是半夜来到的，大地被斩首浸湿，茂林的清新扩散了死亡的气息，牛群循着微弱的气息，从远方的黑暗中赶来。荒野的哭丧妇踏着沉重的步伐到来，云雾浮动，包裹了灌木丛，喷吸着凝重的鼻息，在无声的大地上喘息。它们流下纯真的眼泪，双眼充满幻想，流出的鲜血沾满哀嚎与忧伤。宁静受到惊吓踩着巨大的步伐从岩石上逃跑，黑夜解开黑色的发髻，像一棵海枣树，支在痛苦之上将其笼罩。啊，这些绝望的母牛哭泣声不断。在贫瘠的土地上，屠宰后的湿润痕迹被抹去，一旁是雄鹰尊贵的王位，巨石借此触到了星辰！不祥的森林用其一千根静止的舌头，回应荒野的哭丧妇的哀嚎，响彻天际，如此狂野，永不朽灭，悲痛万分，撼动了黑暗的挑檐。
母牛用哀叫表达痛苦（在这群山之上一个遇难的夜晚），
对一块红色印记感到的痛苦。

云

体侧已被火焰般的长矛刺破，云朵慢慢地晕倒在黄昏中。慢慢地落在高大的十字像上，耶稣在篝火的最深处张开双臂，如同一棵常胜不败的大树，在神奇的日子里画出蛋白石铺成的无尽的道路，启发了古老游牧民族伟大的迁徙。云朵慢慢地落在高大的十字架上。慢慢地落在殉难之上，高空中苍白的宁静，用空气半透明的寒冷和夕照广阔的绯红护送她们，为她们透明的身体准备了火床，云朵在夕阳中悬挂，如同旗帜的碎布条，在圣歌响亮的黄金上。

当昏暗的风暴竖起鬃毛，天空像森林一般枝杈尽断，风声呼啸不断，如一支在黑夜中未穿过深渊的长剑；马队飞驰，边界模糊难以看清，闪电如罪恶之门，划开了帕尔米拉黑暗的上空，方尖碑的废墟之间：云朵将在群山上破碎，如同遇难的船只，发出永远不会被听见的哀叹，在世纪的脚步前，她们的身体在崎岖突兀的巨石上被撕碎。她们是呼吸大海气息的云朵，好似口渴的马队，她们是露珠变成的云朵，带着善意的雨水，把施洗的天国慰藉带给尊贵的雪松（王冠的前身），他们为黎巴嫩人民的古老和纯真的百合戴上桂冠，在短暂的爱情中被消耗，喝下白色的醉迷，一声颤抖的喘息。

为什么大风用抽搐的臂膀拖拽她们，把她们推向阳光的火烧之中，在阴暗的高原荒地上，用碎石伤害她们，把她们拽入充满暴风雨的黑夜深处，如同来自深渊里神秘的森林？她们向往光明的蔚蓝，如同庄严的大河在山巅，将她们丰满的白色身体摇晃，那是没有边际的宁静之蓝，在那里她们头戴花冠，在雄鹰的梦中划船，雄鹰用它的翅膀，保护着落日时分天空中的安宁。所以，她们在被世纪雕琢的石块上抱怨，愤怒的长发紧紧缠绕大风凶手的臂膀；寒冷的长臂拖拽她们液体的秀发，把她们带到眩晕之中，由此在紫光之中，充满了活力的金色，她们水汽的身躯，疼痛不止，从山顶经过，如同在静止的灵魂上长有触须的梦，无声的头发被闪电点燃，无声的头发满载凄切的哀叫。

风

像一匹黑色的母马，出现在夕照梦幻的深处，脖颈上的鬃毛疏松地展开，那是落日细长的红流；像一匹黑色的母马，它的后背上坐着悲伤的抛离，月亮，是白色的女子，秀发闪烁着光辉：夜来了，庄重的思想和英雄的叫喊令他心神不宁，深深地扎在柳树制成的武器上，像金色的飞鸟在垂死的边缘。

风在夜的灵魂中呼啸，在深度的失眠中独白，巨舌突出的言语，支离破碎，夹杂着抽泣；风，时而穿行在幼马间，时而穿行在轰鸣的战车间，暴风雨重重地踏着青铜色的步伐，在夜的深处横行；暴风雨在明亮的巨大旗帜下，如一场山林大火。风，吹来了被遗忘的坟墓中的哭泣声，让尸骨休憩的脚得以永恒，恐怖的灵魂，沉睡在死亡的口舌之下，寂静的深牢如同黑色的虫茧。风，吹来了秋叶婆娑，叶落，暴露了强壮的枝干，悲伤的树叶染湿了旧长衫的悲伤。风，吹来了痛苦的神秘叫声，好似撕裂了狼的五脏。风，吹来了将死之人的哀叫，他们把灵魂送入死神的巨大臂膀，臂展如此之长，如期盼、如宇宙的餐具、如闪烁的星星，盲人把她们固定在眼睛的周围。风，带来了死于孤立无助者的哀嚎，在悲悯的天空的折磨下，陈旧的伤口，如同枯槁的鸡血石（为何鲜血流尽），用破碎的腹部，悲伤地叫喊着。风，带来了自杀者凄惨的叫声，他们勇敢的身体在杨树的阴影下跳着琴弦的舞蹈，在黑色长发中，风特别的吹吸，给枝叶带来了平静。风，吹来了狗吠声，吠声深远无尽，狗群用叫声面对铺展开的大雾对话，大雾半掩了他们面部的神秘，面对脆弱修长的身材，好像在雨伞昏暗的双曲线下移动的叹息。风，吹来了苍白的城市里传出的叫声，这些城市被瘟疫所蹂躏，教堂死寂，街道长久地望着星星，死者没有任何遮蔽，目光已经凝固，月亮从空中在他们的面孔上镀上锌，在双眼黯淡的泪光上哭泣，在鸡鸣声上哭泣，在一个明亮的夜晚，好似一座被地震打开穹顶的教堂。

大风吹过，从夜的深处吹过，肩上扛着庞大的黑暗；就这样吹过，穿着叫喊声的外衣，可惜已经破损，向沙沙作响的大树的阴影披散开假的头发。风，是巨大的抽泣声，大地在森林的竖琴上，将其变为不朽，抽泣声悠长深邃，深邃悠长，在森林的竖琴上，在竖琴细长的琴弦间，抽泣声爬行，缓慢地、悠长地，在竖琴上；缓慢地、悠长地，在琴弦间；缓慢、悠长，深邃。

间歇

那喀索斯颂

我将坚定不移地将你视为楷模
全心全意，在你的芳香中清洗双手，
为了举行这一仪式，紫水晶
用其智慧之眼，在神坛上闪亮发光。
我将诉说你如何因爱上自己而死，
在极致的愉悦中，我将诉说
你偷欢时双腿隐藏的秘密。
如同神殿的乳白象牙门；
如同火的意志给你躯体带来力量
它充满了血液、百合和苦涩；
如同你灵魂的赞誉，从雪中出现，

从花朵短暂生命的悲痛中。

波浪（神游，清新），用流动的吻
长久地爱抚你的倒影。唯美主义者
把他模糊的手指放在可塑的石膏里
勾勒永远也无法完成的塑像。
啊，请给我神圣艺术有益的光辉！
这样我就能把你的模样铭刻在我肉体上；
这样我虔诚的祷告，能带着强烈的热情，
在银质的圣餐盘里贡上线香；
这样我的血液，如圣光的葡萄园，
接受自己葡萄酒精华的滋养；
这样我的目光如同一条长丝带，
用疯狂的爱将我身体包裹。

我看见在排箫智慧的琶音里
我嘴唇呼出的气息在悲伤地膨胀，
我在细小的河道中放下乡野的笛子。

于是有了令人愉悦的听觉享受：
当泉水的涓涓细流依次滑过
十个孔洞，
如此精准、前所未有的节奏
给了乐器赞誉那喀索斯的旋律。
流动的音乐知道如何展现声线，
好像可以听见柔和的古钢琴
弹奏着赞歌或圣歌的序曲。

是你的古钢琴，啊，诗人保尔·魏尔伦！

第三季

论及找寻到智慧的箴言，圣灵说：地狱说他没有，大海说不在他那儿，死亡与失去一同说，我们听闻智慧的名气，确有新的指引。

——弗朗西斯科·克维多

高塔颂

一

我歌颂：高塔，世纪的荣耀，大地的装饰。高塔望见远方，高塔歌颂铁与砖石的优美艺术。巨形的高塔有百张完美无缺的口舌：百张口舌，即那些塔钟，熟知一种神奇的语言，用铜与信念的话语，向星辰诉说消失的宗教礼仪。

二

神圣的歌曲浸染了石块，石块的灵魂回响，和谐的声调共鸣！一位面色苍白的音乐家，指法娴熟，用庄重的和声奏出赞美诗，管风琴音管中流动的言语将灵魂唤醒。石块像彩虹长廊，君王和主教们，戴着荣誉的光彩和华丽的皇冠，骑在白马上凯旋而过，马蹄铁踏着和谐的节拍。在那位面色苍白的音乐家的手指下，或是帕莱斯特里纳（在米塞洛教皇的弥撒中），或是塞巴斯提安·巴赫。

三

高塔浮现，朝向四方的眼睛，拥有深邃的瞳孔，玻璃由窑中的大火定型，被烧制成彩色，千百年来，大钟上哥特体的经文，依旧印着诺拉铸铜艺人的荣耀，他向模具里掷入了自己的金指环。我从高塔朝向四方的眼睛向外望去，灵魂获得了比其他灵魂更为长久的告别，在一座古老的城市：纽伦堡，雷克雅未克，贝尔格莱德，阿马，牛津，托雷多，科英布拉，尼斯，拜占庭，伊兹密尔，亚历山大，巴黎！罗马，高塔之都……

四

我的灵魂是理想的燕子，在塔的高处不断鸟瞰：看着圣贝尼泽托，站在饰有石雕的花岗岩上，带着众人在看台上合唱；看着圣胡尼佩罗，在修道院的回廊下，思索着一个丰富多元的世界；看着圣希尔德加德，口吐莲花，赞美上帝；看着圣胡安·德·塞戈维亚，加工大教堂里的金箔，像是用宝石做的祷词，制作圣体龛；看着让·富盖，如何让一个小天使圣像闪闪夺目；看着闲散放荡的教士，在假日修道院的门廊下，用他们质朴的拉丁语高歌：

Nudam fovet Floram lectus,
Caro candet tenera,
Virginale lucet pectus
Parum surgunt ubera;

还看着十八次大公会议，第一次是曙光，最后一次只是缀满星星的夜空。第一次的主持者，是一位双眼灼瞎，双手被砍的修士，最后一次是曾经出逃，双手尊贵的教皇。

五

我的灵魂是理想的燕子，在塔的高处不断鸟瞰：看着古老的世界地图，山川与河流；在南方的浓雾中，希腊部族同盟的无知；厄瓜多尔的火带紧勒大地的肚脐；比原始森林更为奇异的大海；世界中心的耶路撒冷；北方歌革和玛各的土地；四条河流发源的天堂，河水拖拽着肉桂、大黄、芦荟和生姜的香木；碧玉围墙围成的庭院；长剑，如空中的烈火，不见握着它的天使；还有世界周围的十二脏腑：Eurus，Scolans，Nochus，Auster，Africus，Euroauster，Zephirus，Stannus，Ireius，Bóreas，Aquino，Vulturnus。[1]

1 古希腊罗马十二风向名。

六

我的灵魂是理想的燕子，在塔的高处不断鸟瞰：看着黑夜如何降临，还有半月，如黑色土地上珀伽索斯的银色蹄铁，或是披散的头发上精美的银色发梳。在半月的银光下诸多帝国在发展：法国、叙利亚、波斯、埃及、马其顿、罗马、墨西哥、秘鲁、俄罗斯、阿拉伯，又一次法国。大批的游牧民族；天际竖立着旗帜；长矛刺穿了夜晚；呼喊声在风的灵魂中回荡；猛禽在撕裂的云间穿梭；大树底下的尸体；石块上的尸骨；一场梦、鹰隼、旗帜、长矛、树林、夜、群山、火把群绕下马匹长时间地奔驰，带着铁与马的伟大诗篇，还有敌对的野蛮，在上帝的风暴下行进，在上帝的雷声下行进，在上帝的足下行进，上帝已踏遍世间，在上帝的手下行进，上帝的手如一张充满光辉的棕榈叶。

七

我的灵魂是理想的燕子，在塔的高处不断鸟瞰：看着最古老的高塔矗立在斯芬克斯、翼指龙、龟类、狮子之间：第四纪饥饿之梦，椰枣树下之梦，每一棵都如此巨大，如同夜晚一般；巨毛兽之梦；拥有啃食野牛利齿的巨兽之梦；开山巨人之梦；斗牛犬和孔雀主人之梦；在晚年失明，便去倾听大海轰鸣，学习大海的声音，使之成为语言的巨人之梦。高塔在城市的尸体之上：大马士革、巴伦克、底比斯，亵渎的高塔上，在星辰的恐惧中，为了唱出古代祭祀的历史、天体算数的算表、神学的信条、花草的品质、人们的朝圣，他们的双眼见证了点金长颈瓶中黄金的诞生，以及从化为肉身的过程中灵魂升起，星辰一颗接着一颗：雅各、赫尔墨斯、俄尔甫斯、纽玛、曼科·卡帕克、黑天罗摩、摩西、佐罗阿斯特罗。

八

我的灵魂是理想的燕子，在塔的高处不断鸟瞰：望见晨曦到来，一位清秀的姑娘在笑，她的笑声里轻撒着一把银色的鬈发。我的灵魂看见船舶离去，驶向其他大陆，驶向红色的土地，驶向黑色的土地，那里太阳静静躺在海枣树间；那里的蛇好像有毒的珠宝，那里的花朵比老虎还艳丽，那里还有野牛、大象、长颈鹿、天堂鸟、萤火虫、树脂、精油、香料、珊瑚、珍珠，珍珠的贝壳是粉色的，如同受领圣餐的双唇间完整的圣饼，还有甜蜜的坚果，黄金的粉末；有鼓、南瓜和瓮，一同奏出神明的音乐；有裸身的公主，她们热爱白色情人的吻。克里斯托瓦尔·哥伦布，戴着十字和忠诚的剑；马可·波罗，手中拿着宇宙结构的协约；巴斯克·德·伽玛，在桅杆上放置了星盘；厄兰多·德·马加利亚尼斯，斐迪南·麦哲伦腰间佩戴斧子；五月花号带着国王胡安的圣谕；迪蒙·迪尔维尔带着地球平面图和船锚；塔斯曼带着罗盘；斯坦利带着《纽约先驱报》的铅笔以及他的软木头盔；还有尼罗河之父利文斯通。

九

我的灵魂是理想的燕子，在塔的高处不断鸟瞰：望见大地展现她用白雪制成的双层头饰，望见黑暗的极地，比天堂更为密闭，冰山炫耀夺目，如同空中王国上的光晕；望见神龛，北极光在其无声的光辉铸造的神秘中；望见洞穴，磁石在里面失去了灵魂；望见法塔·摩尔加纳青灰色的宫殿，她是云间的梦想者；深色的大海摇晃着黑色海象的梦；骇人的虎鲸听着水手说话，用它的四十八颗牙齿啃食巨石；有三个心脏的大章鱼，用它地狱的触手抱紧船只；鲸鱼如女子般，在临行前哭泣；白熊停下呼吸，沉睡六个月，以其黑色的舌头为耻。前往那里的是金发地区的人，富兰克林、库克、马尔可汗、爱丽赛奥·肯特·凯纳、福利特约夫·南森和他的夫人，富兰克林女士，出于恐惧寻找爱人的尸骨，回来时，灵魂满是白发，如厚重的白雪，落在她的悲伤之上。多么不幸啊，黑夜无尽，白日孱弱甚于紫罗兰的生命！

十

我的灵魂是理想的燕子，在塔的高处不断鸟瞰：看见新的一天诞生，一切在血色中，另一天，看见人们否认上帝存在，无论是小孩还是恶人。然而，有另一群人，他们是智者，著书，如同在林间播种，为建起未来的船只而植树：达尔文、克劳迪奥·贝纳尔德、克鲁克斯、伦琴教授、帕斯特尔、爱迪生、厄尔内斯托·海洛、尼采、卡尔·马克思、法布雷·德奥利维、埃利法斯、列维、商博良、奥古斯托·孔德、莫里、福哥特和瓦尔多·爱默生。我的灵魂看着金字塔里古老的科学如何重生；凭借昏暗的视线，在远处看见会说话的梦境；看见世世代代科学的三把钥匙。看着灵魂通过闪电触碰金属，慢慢地充满了爱情；看着原子如何有序地排列；看着未来帝国顶饰的雕像，如何在生灵的肉体里成形：三重雕像拥有石制的双足，木制的腰部和善辩的头脑；看着花朵怀着母性，在母体血液灌注的平静海洋里，在九个花瓣的花冠之梦中；看着叮当作响的汽车，在铁的平行线上，在铁战马的后面奔驰，它的灵魂是铁的雷响，它铁的嗓子咳出飓风，它铁的心脏满溢烈火风暴；巨马，黑马，黑色的，黑色的，身形巨大的马，吞食火焰，身形巨大的马，万里喘息的狂奔中，肌肉在颤抖，鼻间有云气：大黑马、大黑马、大黑马，不见汗水流淌！

十一

我的灵魂是理想的燕子，在塔的高处不断鸟瞰：望见下午踏着缓慢的步伐走来，如此和谐，落入海中，如一位盲人女诗人，面容苍白，弹着竖琴。在一座金色的塔上，头发上戴着桂枝和麦穗，几位男人：雨果、魏尔伦、拉·普拉斯、瓦格纳、博特、克洛普斯托克、爱伦坡、惠特曼。高塔有九层：第二层的人头戴钻石，第三层的人头戴银器，第四层的人头戴铁器，第五层的人头戴红色黄铜，第六层的人头戴锡器，第七层的人头戴乌木，第八层的人头戴象牙，第九层的人头戴马鞭草。高塔的九层是九颗星辰、九位银色少女的床榻，从塔顶可以听见炽天使的圣歌，太阳好似裂成了两半。

十二

我的灵魂是理想的燕子，在塔的高处不断鸟瞰：看着百岁的黑夜来临，她已到达，在她的深处，繁星孤单地闪烁，如同废弃营地上的千万支长矛，英雄的暗影从中升起。巨大的雕像、巨大的长剑、巨大的身躯包裹了如剑如冠的灵魂：玻利瓦尔、马蒂、圣马丁、林肯、华雷斯和巴黎的一万五千勇士。我的灵魂看着世界像一个发芽的苹果一样开始腐烂；看着洞穴里的狮群逐个苏醒；看着嚎叫如此响亮，引得上帝从神秘中俯身倾听，一滴海洋的泪珠挂在眼皮上，一百颗星辰的光亮在上面沉睡；看见黑夜如同巨大火柴里的篝火，很快就会在一双强有力的手下戴上火焰的羽饰，那是一双来自地狱的手，可以解开所有的缰绳；看见所有的伤口上好像都点燃了一支火炬；看着复仇，顶着童尸的脑袋，大步跨向昏暗的大山，牵着一对黑色的猎狗、凶残的猎狗，身上的疥疮沾染了所有的百合。

十三

我的灵魂是理想的燕子，在塔的高处不断鸟瞰：看着晨曦平静地到来，金色高塔矗立其上。大地安详如葡萄园，在一位老人最后的时日；看见每位母亲好像巴旦木林；看见太阳到来，炽热却美轮美奂，好似一位年轻的勇士，首次亮出他的武器；看见碎石、大树和世上的野兽，把混沌的灵魂升入天空，伴随着各种语言、各种音律的曲调，以及来自金色高塔、缀有花冠的竖琴、音乐大树、和声的火山口、金色品格之家、荣耀高塔的圣歌。

十四

所有的塔都倒了，我的灵魂悬置在空中，如一盏熄灭的灯，看着上帝降落到金色高塔上，唯一的一座，落到人们身上，众人与上帝面面相对。神圣天国的和谐！好像在一个陈旧的伤口上，流出细珍珠油膏：每人的胸腔里都充满音乐，好像每只脚都穿着最好的天鹅绒：好似每只手都放在爱人的头上；好像每一张口舌都是紫罗兰花坛。

一个声音响起：圣母打破了六千年的监禁，为了给生命带来一座渴望其胸脯的花园；她的秀发；她的胴体，对不孕的恐惧已经凋零；在生发的荣耀中盛放，如同神圣的装饰，在光明的时刻盛放。你，是我未完结的圣餐仪式上的圣饼、我无尽渴望的葡萄园、我极端不幸中的殉道者，你就是到来的圣母，我坟墓中记忆的阴郁金子，染黄了你的乳头；你黑色眼睛的目光，如同两个连续夜晚中延长的爱抚；裹尸布下，你的线条散发令人凌乱之美；你的双手，深谙收获夜的果实；你双唇的珍宝，形成于令人痛苦的等待，等待好好享受我未知的心脏中对圣母最高的崇敬。因为你六千年的夜晚之上，复活节已来到。

十五

金色高塔之上，天使般的品质出现：爱情，身穿世间所有的宝石；希望，被所有气候中的花朵所覆盖。更高，在更高处，在所有祷告之上，在所有饰有太阳光辉的竖琴之上，受到一切赞誉的热情招呼，好比一颗金子做的心脏，在火中熔化，更高，在更高处，一朵闪耀的玫瑰：信仰，在星辰巨大的悲伤之中。

庭院暮光

| *1905* |

欲念

大海最终归于平静：
一声香堇色的长叹中，
寂夜因爱变得虚弱，
绸缎沾着伯爵的疲惫。

上帝默不作声；躁动
隐秘，在你步伐中显现；
夕阳的金色如此苍白
抬起你无力的斜影。

田园上成熟的三叶草地
播种的土地如妻女般颤动，
沉醉在欲念的喜悦中望着

你黑色的长袜；一只燕子
无声地划过粉色的天空，
像煞微小的暗想。

迷人的双手

雄鹿的麝香暗情浮动
散播开来随风飘荡，
森林也因时香如女子。

从这奇特的景色中
你身披暗色轻纱出现，
黑色的花边镶着银丝，
枝叶醉于月光，你经过时
她们舔吻你赤裸的双臂。

夜与你的青丝相融，

圣洁的爱情闪烁光辉，
你的双眼沉浸其中；

山丘吹来微风，携远方泉水的清冽
将你包裹，我花园里的万种沁香
于你的两掌之中汇聚。

绢帕

慢慢地，那片天空有了另一种美，
春日童年的天空
变成黑色，好像一个念头侵入
昏暗无力。

树林茂密，有几分
花园的样子，苍白的河岸上，
傍晚渐息，好像一位兄弟
遭遇不幸。

船的桨橹无所慰藉，

像负伤翠鸟的双翼
拍打着沉睡的海洋。

夜幕降临，
你绢帕无声的告别，
久久悬在海天之间。

孤寂

猫在她身旁凝视
把身子蜷成一个雪球；
发巾的丝缎
透散着淡淡的天芥香。

傍晚身着旗袍
匆匆离去；
微风轻声说着法语；
远方

海的边界，初升的月亮

像画笔

在海雾上播撒

米粒般晶透的微尘。

一片灰蓝，

天际的薄纱

在海浪的后方

静守格尔孔达卫城的遗迹。

那个午后

有些人造的意味。

盆里的香堇芽

做着不寻常的梦。

四月柔软的青苔

呼出寒凉的夜露，

喷泉用泡沫

为自己编织细腻的花边。

微风用法语唱着歌，
时间披上了中国丝绸，
有梦的女子在做梦
猫伏在她的脚上。

即将到来的阴影
在她无声的双眸里
解开夜的深蓝
如一颗亡灵的蓝宝石。

夜晚还未到，看着白日
如此漫长
阴影享尽甜美
受尽痛苦。

老旧的防波堤旁

一艘船放下吊索；
夕阳像一个小孩
奄奄一息。

房间里寂静无声，
在远处的角落
甚至钢琴的内部
都染上了棺木的气息。

幽灵般的阴影里，
好客的扶手椅
隐约可见
一个人影。

猫打着瞌睡，
女子冥想，
喷泉在一旁

哭诉孩童的怨气。

手指在太阳穴上，
延长了柔软的梦；
远方驶过一列火车
万里相续。

白日最后一丝光明
消逝在抽象的屋里；
桃花心木的衣柜中
升起一朵花的灵魂。

可以预感
阴郁的悲伤，来自
一种难以名状的温柔
只知死亡的温柔。

感月

| *1909* |

夜曲

（一）

湖畔，

春月出。

夜空柔和净透，

明月升空，

洒下细腻的黄玉。

一片稀云素淡，

似追捕者，

露出狡黠的眉目。

极地的雪白
覆在月盘上
如同皓矾燃过的球面。

细碎的薄雾间，
月，一笔一画
绘制长长的屋宇。

忠犬空守，
吠叫至夜深。

夜曲
（二）

爱恋的月亮，
甜蜜娇弱，
请你在学堂
给予我帮助。

在那里，
你雕玉琢石，
铅版印制
北极的风貌。

在那里，

脆弱的玲珑
化作一片荒芜
光线病弱成了胆汁。

柳笛哀泣
一声接一声，
你残余的毒液
独自呜咽。

无耻的甜蜜，
克罗埃伊
带着她的男子
夺走你的酵面。

夜曲

（三）

为了我的艺术

得以成形，

你的后代

献出品德与规范。

温静的昏睡中，

你，甜美的诗人

为半行诗句，

细细推敲。

一夫多妻

疯癫的少女们，
你享受着农神
古老的卑劣品性，

成为他的附属，
不理智的想法，
他的赞誉中，
一只猫在对你嗷叫。

德洛伊教的法师，
你纯洁的脸上，
一位自杀者
嵌入流血的眼睛。

一个醉汉，
你用爱来净化，
他滑稽的行径
带给你厌恶。

景物集

| *1917* |

丽日

草原欢愉，

天，蓝得静谧，

世间所造之物，

我都感到美好。

太阳，刚一探头，

在我身上遍撒

金粉和香气

那是金合欢的花。

公驴有情，

叫出他的忧伤

昨日，桃花开了

像女童一般。

夏

天狼星携伏日归，
晨曦微蓝以藉慰。
夜夜星辰深且幽，
井深水寒气静流。

夜来牵羊多温顺，
林茂叶密掩溪声。
裙轻羞把心声吐，
难遮女子美腿秀。

巧等风停日艳时，

染黑葡萄亦不迟。
牧女提篮玫瑰采，

心如艺人田间来，
林神笛曲把手抬，
髭须近处示素姿。

秋的脆弱

落日为徐徐的苍白哭泣，
杨树林叶落纷纷。
好似形影不离的宁静，
同无声的草木跟着我们的脚步。

远处一只鸟的影子消失殆尽……
花园里晚开的花朵变得萎蔫，
像在自己的香气中
呼出最后爱的陶醉。

天空舒展额头显出灵魂的寂静。

鸟巢中传出窃窃私语。

喷泉在深深的大理石中，

用不可追忆的水滴唱着遗忘。

雪花

下雪了，天空把光掺入雪花，
缓缓地，轻轻地。
夜在东方泛白，
影，在上；辉，在下。

白色的软长绒，银色的灯心草
在夜里铺好了茉莉花做的床，
黑夜临走时，留下长长的蓝色阴影。
天际，大天使的光晕，越发蔚蓝。

空气轻透，带着忍冬的清香。

白色的孤寂划出条条神秘的道路。

大雪一望无垠，是朵憔悴的百合，

寂静从永恒之中慢慢躺下。

晨光

绢纱慵懒的网结
白雾中缓缓松开。
银辉似芽尖冒出
世界一片蔚蓝。

美的本真
不过是无色的空气，
晶莹的露珠，
还有透彻的清新。

东方的光

将黄金的震颤不断放大，

如钻石树上

一颗有声的鹅卵石。

云雀

攀、攀、攀，

欢、欢、欢，

昏黑无尽，

翅羽间透出了光明。

高空中飞翔，

飞翔中高歌，

歌声是律动的核心

天地围着旋转。

它歌唱，欢乐中，

诞生了神圣的蓝，
啭颤晶莹剔透，
天渐渐亮了起来。

天，在海上，
是一座轻盈的花园，
金星在那儿
放下橙树的花苞。

胭霞淡淡，
孩童的牧歌，
雀声攀至明日，
轻、轻、轻……

晨

微风欢愉轻柔
熏散了一阵香。
阳光下，大海在岸边
梳着丝丝白发。

蓝色的巨磐滚滚
天空云彩满布，
似大理石和钻石
堆成一座大山。

细沙上，海的泡沫

碎了又写，写了又破，

海鸥的翅羽，

成了笔和墨。

太阳

每一次浪打，
长长的、高高的，在沙上
阳光照亮了大海
淌着蓝色血液的血管。

每一束光，
为海的晶石染上颜色，
神圣的洪流中，
晨曦醉人的美，在循环。

年少的蔚蓝之下，

黎明的寂静，

在石英的稀微中

徘徊。

风浪

海阔鬃毛卷，
林密宏声来，
浪比雄臂坚，
轻把舟船撬。

风云忽变幻，
支索急晃颤，
丝丝木理纹，
呜咽桅深处。

风虐推浪高，

层层不停落，

影中万马生，

踢踏无间休。

浅滩尽噬没，

石沙皆涌散，

劲浪白且深，

破冲不留情。

静浪

落一颗沉睡的星辰，

照亮海的深处，

微微颤动，

凝结成珍珠。

薄雾幻影，

轻皱不留痕迹，

蓝色微波，

待现奇景。

一束静光，

一个做梦的灵魂，
海浪用沙滩柔软的舌头，
唱着脆弱无声的情歌。

午后的云彩

海上小小的云朵
向着他方飞翔，
勾起每一艘船
远航的梦想。

甜美的下午
给了你她的芳香，
你像一缕金色的卷发
从星星的鬓上剪下。

海鸟

海鸥飞向高处，
飞向远方的星辰，
就好像
慢慢地沉入天空。

谁能在海上
像那只海鸥一样
向着风，
朝你，甜甜的星，飞呀，飞呀……

春风

荒芜的田地上，一片欢愉，
旧蚕丝的暗香朦胧可嗅。

寒风阵阵吹，桃花
渐渐染上了少女的羞红。

刺菜蓟上集满了露水，
正是采下这些珍珠的时节。

湖水再次换上清装，

不经铸压，明月成了银币。

神秘的幼兽已经活跃在庄园里，
巴旦杏开满白花，像极了天使。

鸟巢

一根芒、一根鬃、一根线、一片雪
或来自羊毛，许多的刺。
毛羽细腻柔深深，
山杨枝杈姿婀娜。

待到夜落时，
简单的洞房门前，
一只小鸟，因为爱，唱着最温柔的歌，
斜阳把它镀成金色。

第一次飞翔

燕子群飞，屋檐下，
我们笨拙的邻居们
这般吵闹，这般焦躁！
它们充满活力
延长了午后的时光，
山丘一片红火！
在窗前多么大胆地探头！
这醉人的蔚蓝！……明天
年轻的燕子们即将飞翔。

静

急雨饮树渴，

洪流溢珠微。

朱顶鸣晶脆，

傍晚静欢欣。

盛

迷迭香开满山蓝，

田深石鸡鸣。

彩虹

金色的细雨，轻轻的寂静
带来喜讯与安慰，田野安宁，
日光七色，慢慢地，带着荣耀
成了天空之主。

七色彩桥上，
纯洁的日光返照。
北风含香，似美好的灵魂。
山上走下晚归的樵夫。

细柳擦干涕泪。

彩虹横跨世界之上。

金色的寂静，愈发清澈、深邃，

大地祥和如歌。

纯夜

雨中、院里
洁白的茉莉在春日开放。
夜，如盘根错节的藤蔓，
把茉莉花凝结成光。

木匠

木匠师傅，

头戴贝雷，

清早起来，

开始削木。

林间无风，

寂静飘香，

木匠执凿，

钻木飞屑。

一阵强热，

天空深静，

迸出烈歌，

功有所获。

田鹟

天空靛蓝

幽静的花园里，

飞出一只田鹟，

欢快的赞歌，

充满雄性力量，

穿透了浅蓝色的晨曦

天使般触手不可及。

胭霞遥长，

晨光照耀，

土墙上

它的对手
唱得更加嘹亮，
鸣啭，巧妙，
歌唱，细腻，
年轻的田鸫，
优雅的田鸫。

草鹭

洁白无瑕，时光已成空
停滞在永恒中，深、远，
池塘寂寞昏暗，
线条是发问的粉笔。

灰鸽

阳光下，枝干高枯，
灰鸽挺立身子。
午后情歌咕咕，
脱下金色玉米粒的外壳。

树叶茂密，
交织成遮阳棚，却无用，
盛夏，炭火炙热，
松开了它的羽毛。

金色时光

| *1922* |

小路

小路、小路
如我心路，
　恰似我泪
沙上写书。

冬鸟啾啾，
蓟上弥撒。
寒风箭矢，
朵朵冰花。

小路漫漫，

蜿蜒静野……

小路凄凄，

如我心路。

昏雨

雨在哭，在哭，
挥之不去的昏暗。
侵袭的雨在哭……
哭吧，心，哭吧。

雨，下在灵魂，
下得情深。
净化了下水道，
污浊的抽泣。

雨，夹着迷雾，

下得疲乏，

闭上的门前，

为行乞的夜而哭。

哭泣吧，心，悲伤地品味

你的激情。

哭吧，心，哭吧，

你感受不到的忧伤。

哭泣，如大海般苦涩，

挖掘你自己的深渊。

为你将哭泣的事而哭，

为自己而哭。

湖畔

最优雅的天鹅画着涟漪，
最蓝的天在漂浮。
空中缓缓划过
白桦树的翅果。

阳光似温顺的狗，
躺在我们跟前。
湖水静静流，
衬出了背后的凉亭。

林深湖更幽……

那里，同样节奏，

斑鸠柔软的叫声

和你怦怦的心跳。

桃树

桃树粉色的柔光，

轻轻地

映照

凋零的大地。

简单的光

柔和地闪

引得铁面的大地

无尽地笑。

优雅的微光
给幼嫩的吊兰
还有半开的玫瑰
画出幻想。

喜悦的善光
慢慢化作
多汁的水果
和蜂巢中的甜蜜。

你，怀着爱，
把真诚的祝福
放在桃树上
也放在心上。

樱

你清新的棉纱
精美，纯洁，
清晨的光辉中，
樱花朵朵绽放，

樱树，春风中摇摆
感受她的慷慨，
在你清秀的笑容里，
樱桃熟了。

紫藤

啊，紫藤，紫藤，
从枯败的枝干上，
你向街道探头，
像是好奇的邻居。

残垣上，
蓝色的少女
在鲜嫩的花序后边，
与兄弟们亲吻

隐蔽的紫藤，

围墙中，

请撒开花网

网住春光，紫藤……

蝴蝶

玫瑰双颊粉媚，
引得蝴蝶挥动双翅，
送来绚烂的吻。

蝴蝶忠实的灵魂，
不屑那份珍宝，
在短暂的花朵上
化身金色。

酒杯与玫瑰

红酒的酒珠，玫瑰的花瓣
微小的欢乐散了开来，
似伤痛的血滴。

酒终撤，花尽落，
只剩下玻璃上的吻，
干枯的花枝。

唯有你，愿意忍受

爱情的束缚，

啊，坚强的心！永远不会老去

血仍旧淌，花依旧开。

玫瑰香精

微火缓慢的折磨，

化作最细微的尘，

殉难的玫瑰花

把典雅和完美送入灵魂。

长颈玻璃瓶中，

柔和的金光，

玫瑰自由的灵魂挥发

成为永恒的香泪。

飞舞

飞呀、飞呀、再飞、再飞，
向上、向上、再上、再上，
振翅、飞翔、坠落、向下，
飘起、停住、来来回回。
吻了三叶草后飞离，
亲了银莲花再回归；
燃烧、生存、平息、热爱，
飞过时给自己一个吻……
吮吸百合花的甜蜜，
随风而动，似扇开阖。

太阳的金色光辉中

蓝宝石的映像，

闪耀如珍珠，

死时如毛莨……

向上、向上、再上、再上，

飞呀、飞呀、再飞、再飞……

诗人的晚餐

月皎洁，悬湖心。

灰雁落静流。

月净无瑕白如瓷

斋行止无休。

慵惰无可比，

镜湖浣白瓷，

月盘中，向灰雁

来把幻梦炫。

夜半

田野昏昏，静深深，

深夜缓和了一切悲伤。

绿草的睫毛上，

听得见露珠的哭泣声。

蜻蜓

绿、蓝、黄、红，
彩霞如虹，
好似太阳
摘下火树的叶。

一只受不住热
假装成标枪，
火花长着翅膀
上面骑着一个淘气鬼。

一只静静探索湖面；

一只胆大，点了水；
还有一只，蓝色的，像你的灵魂，
停在灯心草上，结成一颗钻石。

谣曲

| *1924* |

小溪

小溪清澈，
惹人怜爱，
牧女走来，
秀美分外。

小溪善良，
乐于倾听，
亡夫少女，
来把泪流。

曾为他人，

送去山草，
溪水汩汩，
携苦入海。

而今少女，
被人辜负，
溪水无奈，
是去是留。

少女凝望，
溪水东流，
泪水落尽，
双眼空空。

贵妇与绅士

贵妇说：我不信
有人愿为爱死。
那么您不曾爱过，
绅士坚定断言。

——我虽曾被诸人爱，
不见有人因爱死。
——竟然无一人
懂得激情为何物。

——若您真爱我……

拿起我的匕首
刺入我胸膛，
这就是爱的秘密。

现在我已懂，
贵妇细声说。
唯有死亡
将爱完美。

杂诗

虑

新月
白瘦
爱河中。

静

满月

白耀
嫁君王。

痛

弦月
悲白
失爱人。

欢

极暗
白甜
专为我。

曾几何时

六步，

我在沙滩上踏了六步，

留下了

二十四个脚印。

又一次

六步，

我在沙滩上踏了六步，

留下了十二个脚印。

哎！

完美爱情的浪漫曲

亲爱的，夜。万籁俱寂
月从海生，
照得你静美。
夜在唱。

亲爱的，泉。泉汩深处，
歌声流淌，
唱得更甜美，
泉呜咽。

亲爱的，静。激情褪去，

无忧无争。

百合盛开美。

喜沉默。

湖上的云彩

白云片片
无声过长空
衬出三种美：
湖、天、你的灵魂。

暴风雨

若是暴风雨
很快染黑了天空，
混合三重影：

你的灵魂，天、湖。

灵魂的镜子

你敏感的灵魂里
或悲或喜，
白云片片，
黑云叠叠。

超越

白云来，
黑云去……
此即生命，
路向远方。

厄洛斯

爱欲胜，

爱欲弃，

爱欲求，

爱欲赠，

爱欲忍，

爱欲享，

爱欲生，

爱欲弑，

爱欲死。

小树

一

一棵小树，
独立田野，
默默等待，
春的到来。

二

晨曦柔和，

遍绘田野。

两棵小树，

花开苞裂。

三

幸福珍宝，

献给田野，

三棵小树，

结出金果。

四

田野冰冻，

赤裸永恒……

节节柴火，

冬日来求。

译后记

象

卢贡内斯这位阿根廷诗人，我在读大学的时候并没有听说过。等到自己成了“西语美洲文学史”这门课的老师后，在讲西班牙语美洲“现代主义文学”时，才偶遇了他。说偶遇，是因为讲西班牙语美洲的现代主义，一般会看鲁文·达里奥的作品；若是讲阿根廷文学，同时期的博尔赫斯则名气更响。但既然做了老师，那还是都得涉猎一点，免得面对学生孤陋寡闻。于是找到了他的第一部作品 *Las montañas del oro*（《群山自黄金》），读了其中一篇诗散文《群山》。现在还能记得当时的阅读感觉：我没见过雪山，但我能闻到冰雪的寒冷。

《群山自黄金》是卢贡内斯的第一部现代主义诗歌及诗散文集，也是拉美现代主义文学的代表作。整部作品充满了“自然的宏大”和“多变的节奏”。自然，是讲主题；节奏，是说行文和断句。西班牙语诗文在用词上不爱重复，但卢贡内斯却能巧用“顶真”。翻译的过程中，实在感觉能力有限，作品中的诗散文，只译出了散文的“味”，却难以再现诗律的“道”。《群山自黄金》分三季，前两季以大自然和古典西方意象为核心主题，运用通感等手法对自然景物以及传统诗歌主题进行再塑造。最后一季歌颂高塔，随着数字的增加，描写的塔层也逐级攀升，最终达到诗人追求的境界。季与季之间是间歇，季为诗散文，间歇为长诗。作品每一部分有自己的节奏，所有诗和散文合起来也像一首诗，“三季”和“两间歇”的整体安排展现了卢贡内斯对音乐性的追求。

曾有学生问什么是“西班牙语美洲的现代主义”，我想，文学上的概念，定义了便有了边界，文字投射的世界本无边界可言，那么，不妨读一读鲁文·达里奥的《蓝》、何塞·马蒂的《黄金时代》、卢贡内斯的《群山自黄金》，这些作品给人共同的感受便是最好的定义。

《群山自黄金》译完之后，我又从诗人多部作品中选译了一部分诗歌，主要是谣曲和景物诗。谣曲多抒情，景物诗多写意，这样一内一外，希望在阅读上能带来互补的充盈感。在形美上，我尝试了很多方法，甚至用了些中国古典诗词的形式，倒不是刻意为之，而是卢贡内斯的有些诗文，读了之后在脑中自然就形成了一首唐诗的模样。这类诗多是写景的，卢贡内斯对意境的把握以及用诗歌语言再现的能力在西班牙语美洲现代主义文学作家中一枝独秀。

镜

心灵的原始状态好比一间全封闭的屋子，母语是开的第一扇窗。透过窗户，我们看见了“世界”。这个世界是一维的，因为窗的形状和角度决定了我们的视角。这时，我们看什么都带有“偏见”，还常常固执己见，因为这第一扇窗开得如此自然，一切都在潜意识中完成。

直到开始接触第二种语言，我们感受到窗户的材质，体会着窗户慢慢打开的过程。到了一定的时候，我们看到了二维的世界，展开的图景多姿多彩，感觉自己拥有了一切。不过，有人止步，有人前行，第三种语言、第四种语言……世界看起来越来越饱满，不少偏见成了正见，不少固执化作包容，但终究没有融通圆满的感觉。开再多的窗，世界显得再完整，也总觉得缺点什么，缺了那一小块世界便不是立体的。

是否想过静下心，回过头？看看那间曾经完全昏暗的屋子，已经被照得通透明亮的屋子。看见自己的心灵。

与自己相遇，填上这最后一块积木，三维的世界立马显现。此刻的心灵外化于“我”，升入空中，融进万物，有了物我为一的体验。语言带我们认识世界，帮助我们描述世界，而那下回眸的原动力、感受万物的媒介物，是诗。

中国诗歌、古典诗歌、外国诗歌，不管怎么分，对诗的认识并无多大的差异。不同的语言有不同的音，不同的文化注重不同的形，但说到底，一首诗要有实在的意，这就是为什么翻译之后的诗歌依旧可读、可赏、可感、可知。翻译，绕着诗意塑形置音，把世界的新维度在另一种语言中再现。翻译，是穿过不同的窗户的风，连通了不同世界的气息。

诗，让我们反观自己的心灵，因为诗具有令人入神和出神的魔力。描绘景色的短诗或是一首谣曲，方寸间徐徐展开的画面，聚焦了世界，也聚焦了我们的精神，这就是入神。随着诗句最后一个音落，画面定格，让人浮想联翩，便是出神。这一开一阖，神游的感觉，是醉诗。

诗，让我们不断地重新认识万物。同样一棵紫藤，在不同的窗前，表现着不同的姿态和韵味。翻译，让阅读不同语言的诗歌成为可能。在阅读他国诗歌的过程中，渐渐改变“偏见”的体验就是陌生化和“去自动化”，西班牙文叫 desautomatización。固有观念与新的视角碰撞，固有观念被打破，新的观念建立，再碰撞，再打破，再建立。

诗，让我们认识了另一扇窗前看风景的人。有时，读完一首诗，会产生一种认同感，若是这种感觉非常强烈，就会有“认识”那位诗人的冲动。大家在各自窗前赏景，翻译像信鸽，有一日告诉你，有人看到的和你看到的一样，而且他用诗记录，诗就在信上。

两年前读了《群山自黄金》，这种美，不该独自享受，现在就把这股清风吹向你们的窗户。

像

一切景皆心境。

——波德莱尔

卢贡内斯的希腊研究是我们的时代、语言及西班牙语世界中最好的。

——路易斯·塞加拉

诗是神秘的现实，有赖音乐，渴望祈祷。

——布雷蒙

丑即美。

——维克多·雨果

无韵之文，在我们的语言里，即是散文。

——卢贡内斯

有人将水搅浑以显深度。

——尼采

卢贡内斯作品中有雨果和佩德罗·博尼法西奥的影子，在20世纪上半叶是一位极有影响力的作家。美洲的文学依然不断从这位伟大作家作品中吸收养分。对于许多作家来说，写得好就意味者以卢贡内斯的方式写作。从1918年起的“极端主义文学”到现在，他的影响在不断加强、变化。他的影响力如此之大，以至于我们不用读他的作品也已经成为他的徒弟了。莱奥波尔多·卢贡内斯曾经是，现在依旧是阿根廷最伟大的作家。

——博尔赫斯

LAS MONTAÑAS DEL ORO

LEOPOLDO LUGONES

胭+砚
project

图书在版编目（CIP）数据

群山自黄金 / (阿根廷) 莱奥波尔多 · 卢贡内斯著；
张礼骏译. 一 上海：东方出版中心, 2020.1
ISBN 978-7-5473-1500-2

Ⅰ. ①群… Ⅱ. ①莱… ②张… Ⅲ. ①诗集 - 阿根廷
- 现代②散文集 - 阿根廷 - 现代 Ⅳ. ①I783.15

中国版本图书馆CIP数据核字(2019)第135660号

群山自黄金

著　　者　〔阿根廷〕莱奥波尔多 · 卢贡内斯
译　　者　张礼骏
统筹策划　彭毅文
责任编辑　彭毅文
装帧设计　任凌云

出版发行：东方出版中心
地　　址：上海市仙霞路 345 号
邮政编码：200336
电　　话：021-62417400
印 刷 者：上海盛通时代印刷有限公司

开　　本：787mm × 1092mm 1/32
印　　张：6.875
字　　数：126 千字
版　　次：2020 年 1 月第 1 版
印　　次：2020 年 1 月第 1 次印刷
定　　价：48.00 元

胭+砚
project

胭砚计划（按出版时间顺序）：

《天命与剑：帝制时代的合法性焦虑》，张明扬著

《送你一颗子弹》，刘瑜著

《暴走军国：近代日本的战争记忆》，沙青青著

《一茶，猫与四季》，小林一茶著

《摩登中华：从帝国到民国》，贾葭著

《说吧，医生 1》，吕洛衿著

《说吧，医生 2》，吕洛衿著

《我爱问连岳 6》，连岳著

《国家根本与皇帝世仆——清代旗人的法律地位》，鹿智钧著

《父母等恩：〈孝慈录〉与明代母服的理念及其实践》，萧琪著

《故事新编》，刘以鬯著

《下周很重要》，连岳著

《亲爱的老爱尔兰》，邱方哲著

《诗人的迟缓》，范晔著

《群山自黄金》，莱奥波尔多·卢贡内斯著

《我爱问连岳 1》，连岳著

《我爱问连岳 2》，连岳著

《我爱问连岳 3》，连岳著

《我爱问连岳 4》，连岳著

《我爱问连岳 5》，连岳著

檢